L'ARTILLERIE

LA BROCHURE DU GÉNÉRAL SUSANE.

LA MARINE. — DEUX PRINCIPES DE L'ART MILITAIRE.

PARIS. — IMP. ADRIEN LE CLERE, RUE CASSETTE, 29.

ÉTUDES SUR LE SIÉGE DE PARIS

(1870-71)

L'ARTILLERIE

LA BROCHURE DU GÉNÉRAL SUSANE.

LA MARINE. — DEUX PRINCIPES DE L'ART MILITAIRE.

PAR SALICIS

CAPITAINE DE FRÉGATE

PARIS

LIBRAIRIE DE L'*ÉCHO DE LA SORBONNE*

7, RUE GUÉNÉGAUD, 7.

—

1871

ÉTUDES

SUR LE

SIÉGE DE PARIS

(1870-71)

1re ÉTUDE.

LA BROCHURE DU GÉNÉRAL SUSANE.
LA MARINE. — DEUX PRINCIPES DE L'ART MILITAIRE.

ARTILLERIE.

Voici l'un des premiers documents à consulter sur la défense et la reddition de Paris : *L'artillerie avant et depuis la guerre*. Il est dû à M. le général Susane, l'un de nos officiers d'artillerie les plus réputés ; sa rédaction dénote un talent élevé, quoique non sans mélange.

Nous allons, en effet, y rencontrer des considérations d'une grande justesse, de précieux documents, et, au milieu de cela, des accès d'esprit mal en place et des contradictions qui trahissent une hâte singulière. Un malintentionné trouverait dans ce défaut d'unité la confirmation de cet aveu du général lui-même, que « les généraux mettent rarement la main à la besogne, on la leur prépare. » (*Fonctionnement du comité d'artillerie*, page 31.)

Le titre lui-même promet plus que ne tient la brochure ; j'ai cru mettre la main sur une œuvre qui, signée général Susane, allait m'instruire sur le fond des choses ; mais, lecture faite, j'ai pu conclure que je venais d'assister surtout à une petite affaire d'artillerie : défense du comité au centre, et sur les ailes fausse attaque contre les avocats, les ingénieurs civils, les pièces de sept et les marins. Telle quelle, et bien que peu en rapport, à cause de l'étroitesse du point de vue, avec la réputation du général, elle fournit des chiffres assez précieux pour qu'ils portent avec eux leur moralité.

Cet opuscule est en effet officiel, pourrait-on dire ; les nombres qu'il fournit ne sont pas contestables, voilà une première base certaine. En y ajoutant un mot sur la part de la marine, nous aurons une idée suffisamment exacte du rôle que l'artillerie paraissait appelée à jouer dans le siège de Paris. Il suffira pour compléter l'impression de faire ressortir l'esprit de la brochure, c'est dire l'esprit même de cette défense dont le général a dû être l'un des inspirateurs.

S'il y a certainement dans M. le général Susane beaucoup trop de l'officier du comité, il pourrait y avoir de l'écrivain dès qu'il le voudra, la preuve en est dans le début.

« Une nation, dit-il, qui s'est endormie sur ses lauriers, s'estimant invincible et qui est arrachée à

ses rêves aussi brusquement que vient de l'être la
nôtre, ne se résigne pas aisément à reconnaître les
vraies causes de ses désastres. Elle se sent coupable
et il lui répugne de s'avouer à elle-même que si elle
meurt, c'est qu'elle s'est suicidée. Il lui faut des victimes expiatoires. » (page 1.)

Exorde dénotant en beau langage une philosophie
avec raison attristée, mais injuste envers la nation.

Le reproche porterait droit si la nation brusquement réveillée s'était d'elle-même endormie ; mais il
se heurte aussitôt à une histoire de vingt fatales
années et rebrousse chemin contre les endormeurs.
Que l'auteur se rassure, s'il craint que le comité ne
soit la victime désignée (page 1); non, le comité
n'est qu'un organe de la nation ; comme le tout chacun a eu certainement sa léthargie : mais le trait ne
doit toucher que ceux qui, trompant un pays dé-
bonnaire, l'ont pendant vingt ans énervé.

Le travail du général Susane se divise en trois
parties : la première est consacrée à des considérations très-intéressantes sur l'organisation générale
de notre armée, sur l'état de l'armée du Rhin et, en
particulier, sur sa force en artillerie au moment de
nos premiers revers.

La seconde partie nous fait toucher du doigt les
difficultés que rencontrait la direction de l'artillerie
dans les inconciliables nécessités de transformer
l'ancien matériel, de créer un matériel nouveau, et
de n'appliquer à tout cela que des crédits misérables.

C'est ici, des ressources immenses en fusils, canons, affûts, munitions, mises à la disposition du

pays et surtout de la défense de Paris, que le comité d'artillerie peut se faire un sujet de triomphe, triomphe que je ne lui conteste pas, mais qui porte en soi la condamnation du gouvernement chargé de nous sauver.

La troisième partie est une étude sommaire comparée des pièces qui se chargent par la bouche ou *pièces bouche* et des *pièces culasse.*

Nous arrivons alors à ce point où le général froissé dans ses traditions, véritablement scandalisé par les novateurs, perd le sang-froid, par conséquent la rectitude des appréciations ; où il abandonne le gouvernement même de ses idées et se laisse aller à des contradictions répétées.

I

« L'armée du Rhin était forte de 240,000 hommes, avec 942 bouches à feu, 8 parcs, 7 équipages de pont et 2 équipages de siége, elle était bien constituée et bien pourvue. En tant qu'armée elle n'avait qu'un défaut c'était d'être trop petite pour défendre cent lieues de frontières vulnérables contre l'avalanche de 700,000 Allemands qui tombaient sur elle, et ce défaut d'être trop petite était sans remède. Il n'y avait plus des cadres organisés derrière elle, plus d'autres ressources que l'improvisation des troupes de marche. » (page 6.)

Et en effet, malgré les avertissements d'un homme meilleur critique militaire que bon général, hélas ! oui, malgré la remarquable brochure du général Trochu : *L'Armée française en* 1867, malgré l'insistance de **M.** Thiers, malgré les bonnes intentions du maréchal Niel, l'armée comptait pour unique réserve 19 régiments de ligne, 1 bataillon de chasseurs à pied, 8 régiments de cavalerie et 7 batteries d'artillerie. (page 6.) *Jupiter prive de raison ceux qu'il veut perdre.*

Mais le général, courtisan désintéressé d'un régime à jamais effondré, se garde bien de chercher le crime du côté où était le profit. Les budgets de la guerre s'entassaient sur les budgets ; nous nous croyions, nous, empire militaire, pourvus d'une armée tellement formidable qu'elle faisait trembler, non pas *la maigre* Prusse, mais l'Europe entière et si, l'instant venu, nous n'avons pu réunir que quelques faibles cohortes, la faute, selon M. Susane, en est à ceux qui voyant filer les millions, comme entre les doigts le mercure, osaient prétendre que :

« *L'entretien de l'armée absorbait le plus clair des revenus de la France.*

« *L'armée enlevait au vieux père son appui, à la mère sa consolation.*

« *L'armée était une école de fainéantise.*

« *L'armée était une perpétuelle menace à la liberté.* » (page 4.)

Permettez-nous, mon général, d'être de l'avis qu'en effet, cette petite armée de 240,000 hommes seulement, coûtait très-cher, et qu'il n'y a qu'une manière de comprendre une armée qui n'enlève pas le fils à la famille, l'homme au travail, et qui ne soit pas au service des faiseurs de coups d'Etat, c'est de la supposer nationale, organisée non en copie servile, mais en imitation de celle que nous n'avons pas su arrêter.

On regrette de voir l'auteur cesser absolument d'être sérieux lorsqu'il affirme en langage *imprimé* que ces mêmes idéologues. :

« proposaient sérieusement de remplacer sur l'hôtel de la rue de Lille les mots : *Grande chancellerie de la Légion d'honneur* par ceux-ci: *Fabrique de bouchers.* » (page 5.)

Le trait est lourd, il tombe.

Et cependant les batailles de Wissembourg, de Reischoffen et de Sedan n'ont-elles pas été justement qualifiées de boucheries, et les bouchers ne sont-ils pas pour les esprits vulgaires, ceux qui envoient les victimes à l'abattoir. Qu'est-ce donc après tout qu'un ministre de la guerre, ou qu'un empereur semblables à ceux de ces temps-là ?

Cette première partie de la brochure se termine par deux opinions, dont l'une, signe de faiblesse plutôt que de sagacité, résume en soi l'incroyance de la plupart de nos généraux, et qui toutes deux réunies trahissent le secret de leur insuffisance. « *Le temps est venu*, s'écrie l'auteur d'un ton qui serait prophétique si les Huns n'étaient déjà sous nos portes, *l'Europe sera cosaque et rangée sous le symbole du casque d'Attila.* » (page 8.)

Halte là, mon général, portez les yeux, s'il vous plaît, au delà du cercle étoilé qui vous entoure, et peut-être entreverrez-vous dans l'avenir quelqu'Ætius Français et de nouveaux champs Catalauniques ; peut-être, en cherchant bien dans ce cercle même, perdrez-vous le droit de vous écrier comme vous le faites, avec plus d'angoisse du reste que de justice absolue : *Ni Catinats, ni Turennes, tous Soubises* (page 8).

II

Intéressantes au plus haut degré sont les données fournies par le général, quand il traite en spécialiste la question spéciale de l'armement.

Il la présente méthodiquement, ainsi : matériel de l'artillerie avant l'investissement de Paris, armement particulier des troupes ; armement de la place de Paris et son accroissement pendant le siége.

L'artillerie étreinte par la loi des finances ne pouvait entretenir pendant la paix que la moitié du cadre de son effectif de guerre, soit 164 cadres de batteries de campagne, représentant 984 bouches à feu, et remarquons-le, les cadres seulement. Pour passer de cet état au pied de guerre, il manquait à ces 164 batteries 24,000 hommes et 29,000 chevaux.

Surpris par une guerre inopinée, le comité se trouva certainement dans une situation critique, et, quand sans autre achoppement que l'impossibilité d'utiliser 600 colliers anciens pour des chevaux nouveaux, on le voit, vingt-cinq jours après les premiers ordres, munir l'armée du Rhin de 157 batteries, on ne peut qu'applaudir à un tel effort d'intelligence et d'activité. Si le comité sommeillait avant le coup de tocsin, du moins n'était-il pas paralysé.

Là ne se bornent pas cependant ses droits à notre reconnaissance.

Suppléant en effet comme le dit, très-justement M. Susane, *à la dangereuse parcimonie des Chambres par la sévère et minutieuse économie qui est dans les traditions et les habitudes du corps de l'artillerie*, il était arrivé lentement avec ce qu'il pouvait... gratter, selon une locution expressive, à constituer un immense matériel de 21,702 bouches à feu tant lisses que rayées.

Il est bien à supposer entre nous, que c'est là le chiffre extrême, représentant les économies d'un grand nombre d'années et comprenant même les pièces déclassées.

Quant au reproche cruel qui lui sera souvent adressé : d'avoir laissé sous une improductive inertie écraser nos armées par l'artillerie prussienne, il doit tomber devant les considérations qui précèdent, et surtout devant le fait, que si nos 240,000 hommes étaient pourvus de 942 pièces de campagne, c'est-à-dire de quatre pièces par mille hommes, les Prussiens étant 700,000, devaient, au même taux, avoir 2,800 canons en ligne.

N'était-ce pas ici l'occasion pour le général Susane d'établir que la portée des canons prussiens ne faisait rien à l'affaire et que des récits fantastiques seuls peuvent laisser croire que nos réserves étaient atteintes sans qu'elles sussent d'où ni comment ; mais le général paraît ennemi des grandes portées (page 23) ; son opinion semble partagée par plusieurs de ses collègues, et la pièce de 4, qui ne tire pas avec une justesse suffisante au-delà de 2,000 mètres demeure une sorte d'idéal, tandis que la pièce de 7 qui atteint à 4,000 mètres dans les mêmes conditions de rectitude est, on peut le dire, jusqu'à présent méprisée. Dans ce mémorable et triste siége de Paris se produisait alors ce dangereux antagonisme dans lequel le comité repoussait les pièces de 7, tandis que le général Trochu ne voulait plus entendre parler des pièces de 4.

De là un de ces millions de frottements qui faisaient grincer la lugubre et fatale charrette où le gouvernement de la défense nationale traînait la patrie !!!

De ces 21,702 bouches à feu l'ennemi nous a pris, entre Wissembourg, l'arrivée sous Paris et les capitulations diverses : 1,000 canons de bataille, 3,000 pièces de siége, plus les 90 pièces du 12e corps englouti aussi à Sedan (page 13).

Il nous restait donc encore, y compris Bitche et Belfort, 17,612 bouches à feu lorsque la France a été livrée, faut-il dire à merci, le 28 janvier 1871.

Jusqu'à cette date funèbre, *sur 1600 officiers d'artillerie, 1000 sont actuellement morts ou prisonniers!...* De la terrible catastrophe que l'artillerie et son comité soient donc glorieusement absous !!

Les renseignements sur l'armement particulier des troupes ne produisent pas une moindre stupéfaction.

Laissant en effet de côté le procès que le général intente à l'industrie privée pour ses lenteurs et son inexactitude à remplir ses engagements, procès qui semble fondé en fait, nous tombons, pour le 1er juillet 1870, sur un chiffre de plus de 1,000,000 de fusils chassepot disponibles, de plus de 3,000,000 de fusils tabatière ou autres, carabines et mousquetons dont les deux cinquièmes à tir rapide, enfin sur près de 300,000,000 de cartouches et de 252,000 pistolets !

Combien de ces armes sont tombées entre les mains de l'ennemi? 600,000 au moins; mais Paris investi en possédait encore 540,000 dont 200,000 chassepots; et la province 3,000,000 au moins, en comptant 150,000 chassepots qu'ont dû produire les manufactures d'armes, et 573,000 Reminghton-Snyders qu'ont dû fournir les trente-deux marchés passés avec l'étranger.

Votre éloquence chiffrée, mon général, accable déjà bien terriblement la défense; pourquoi donc votre sentiment secret se trahit-il encore par le gémissement qui involontairement vous échappe : « *Mais hélas! ce n'est pas tout que d'avoir de bons instruments, il faut encore avoir de bons exécutants et* SURTOUT *de bons chefs d'orchestre.* » (page 18.)

Surtout de bons chefs d'orchestre ! Ce n'est pas moi qui me plains, c'est le général; or le général est chef d'orchestre lui-même, il a donc sûrement beaucoup d'oreille et a pu, mieux que personne, juger la tragique symphonie qui menait en terre notre pavillon.

Il ne m'appartient pas de le contredire,

Et ce n'est point assez, paraît-il, pour vous soulager de l'oppression qui vous suffoque, « pense-t-on qu'il eût été bon et utile, ajoutez-vous, pour raffermir le cœur de nos jeunes troupes de répéter comme on l'a fait dans des documents d'origine officielle que nos canons sont insuffisants et surannés? qu'il n'y a d'espérance de salut que dans le canon se chargeant par la culasse? » (page 18).

Toute la raison est en ce moment de votre côté, mon général, mais pour couronner votre plaidoyer achevez-le et rappelez que si l'on ne pouvait rien avec le canon de 4 tant que le 7 n'a pas existé, dès que celui-ci a paru en scène on a trouvé aussitôt qu'il y en avait déjà trop et l'on n'a pas fait plus.

Mais est-il donc si difficile d'avoir longtemps raison? voilà que pour prouver l'inutilité des canons de 7 vous nous rappelez que Paris s'est défendu trois mois sans eux, tenant les Prussiens à distance malgré leurs canons Krupp (page 19).

Ce n'est pas avec du 4 toutefois, ni sans doute avec du 8 et pas davantage avec du 12, que l'ennemi était atteint aux buttes Pinson, à Chelles quelquefois, au carrefour de Pompadour et tenu partout en respect; le 24 long paraissait lui-même peu destiné à cet emploi, et l'ennemi reculait surtout devant la pièce marine rayée de 16 cent. dont, entre parenthèse, le modèle 64-66, se charge par la culasse.

Ainsi le général pose la question entre les canons de 4 et ceux de 7 et conclut en faveur du 4 d'après la supériorité du 30, lequel néanmoins causera la perte de Paris en épuisant ses munitions (page 23) désormais inépuisables (page 35); singulier enchaînement !

Il est vrai que pour intéresser les Parisiens au canon dont la cause semble être celle du comité, il les appelle *Athéniens* (page 18). Eh bien, admettons de ma part un jugement téméraire, mais cette qualification attique masque un grain salin de même origine et me paraît, entre nous, l'euphémisme d'une apostrophe plus commune et par trop risquée.

Passons enfin à l'armement propre de la place de Paris.

Qui n'a fait le tour intérieur de l'enceinte avant et plusieurs jours encore après le 19 septembre, ne peut se figurer l'attristante impression que produisaient ces fronts dégarnis, ces embrâsures dépourvues de revêtements, l'absence de plateformes et la rencontre de distance en distance de ces quelques pièces de 24, de 15 ou de 12 qui jetées çà et là sans ordre apparent et sans aucune garde, semblaient dès lors vouées à l'abandon.

Pourquoi les Prussiens n'ont-ils osé? l'entrée à Paris, l'arme au bras, eut été bien plus glorieuse pour eux que l'occupation partielle qu'ils ont exigée après un long siége pour eux sans honneur.

Etait-ce la faute du comité? Non et oui. Assurément il ne pouvait, à la parole, percer des embrasures, faire des gabionnages et des plateformes, établir sur leurs affûts le grand nombre de pièces dont il va être question; mais, quelle trop sage lenteur plutôt que d'accepter, même dans cette extrémité patriotique, les aides de bonne volonté! le général flagelle les vaniteux du génie civil en leur appliquant la célèbre gasconnade italienne échappée à Charles Albert (page 34); mais n'est-ce pas le cas de dire que le comité tend ici à donner *lestement* ses qualités aux autres, et, le supposant italien, n'est-ce pas lui qui semble dire, avec gravité du reste, *Il comitato fara da se?* A cela point de réplique; périsse la France plutôt que l'oligocratie comitaire et **nous** croyons nous souvenir entre autres, de cette parti- cularité, que la marine ayant proposé d'armer **la** redoute de Gravelle, (comme elle en a, Dieu soit loué, armé beaucoup d'autres,) l'offre fut décliné par la direction d'artillerie, avec urbanité sans doute, mais enfin décliné. Le mal c'est que, l'investisse- ment opéré, on découvrit que la redoute n'était pas armée... *Ma! il comitato aveva fatto da se.*

Quoiqu'il en soit, grâce à l'artillerie, et, si l'on veut bien me le permettre, grâce un peu à la marine, la place de Paris se trouva en possession de 2,627 bou- ches à feu de place et de siége, ayant, celles **du** moins qui devaient figurer en batterie, leur position marquée d'avance depuis 1868, chacune son rôle assi- gné, sa hausse selon les points à atteindre, tout **cela** consigné sur une planchette et réglé d'une façon **si** parfaitement automatique, paraît-il, que l'habileté des pointeurs n'avait plus rien à y ajouter.

« Ce qui réduit à leur juste valeur, dit le général, les récits fantastiques que l'on se plaît à faire sur les *merveilleuses aptitudes de certains pointeurs.* » (page 20)

Pauvres pointeurs de l'artillerie de terre, que je croyais adroits! les voilà, de par leur général, dé- gradés de toute habileté, sans aucune inspiration en dehors de ce que peut inspirer une planchette; et je dis: pauvres artilleurs de terre, car il ne saurait être question ici des pointeurs de la marine, dont les pièces de 16 ou de 19 centimètres, non prévues dans l'armement de Paris, n'étaient point pourvues de la planchette impérative, et plus indépendantes par conséquent, bouleversaient les travaux de l'ennemi jusqu'à plus de 7 kilomètres.

Le général, d'ailleurs, n'est pas moins généreux que patriote, et, à supposer que les pointeurs de la marine fussent de *merveilleux pointeurs*, ce qui n'est pas absolument impossible, il ne s'en plaindrait pas.

En outre de ces 2,627 bouches à feu de position, la défense recevait 92 batteries de campagne, dont 72 avec leur personnel, et 4 batteries de montagne; en tout 3,203 pièces approvisionnées chacune à 400 coups, la réserve de poudre s'élevant à 2,600,000 kilogr. (page 21).

Certes le gouvernement du 4 septembre, n'a pas à se plaindre du comité ; je crois que l'on pouvait entreprendre la défense à moins.

Une fois éveillé, le comité ne s'arrête plus ; il raye un grand nombre de pièces lisses de 8, de 12, de 24 ; construit affûts, voitures diverses, fabrique 368,000 fusées à projectiles creux, et 97,000 boites à mitraille, porte en un mot à 648 le nombre des bouches à feu mobiles et à 3,275 le nombre total des bouches à feu fournies à la défense de Paris !!!

Ah ! Messieurs du comité, beaucoup vous accusaient de mollesse, quelques-uns de trahison. Ces derniers avaient raison, en se trompant ; ne pouviez-vous prévoir que tout cela, rendu systématiquement inutile, serait déposé dans les arsenaux prussiens par

les mains mêmes responsables de la défense, et n'au-
riez-vous pas aussi bien servi le pays, en ne construi-
sant absolument rien, et mieux encore, (l'imprudence
commise) , en détruisant le 19 septembre, ce que
depuis si longues années vous aviez la patiente folie
de construire ?

Le rôle du comité se montre ainsi sous un jour
des plus favorables, et la responsabilité de ses membres se dégage de plus en plus nette, du milieu des
attaques imprudentes. Pourquoi faut-il, que par un
dévouement plus que désintéressé, le général lui
attribue en outre des mérites auxquels le comité ne
prétend certainement pas ?

« L'artillerie, dit-il, (page 21), a organisé sur le
boulevard Philippe-Auguste, une poudrerie produi-
sant 5,000 kilogrammes par jour. »

A chacun son dû.

Est-ce l'artillerie ? la production était-elle bien de
5,000 kilogrammes par jour ? je ne le crois pas, et
autant qu'il m'en souvient, l'organisation et la con-
duite de cette poudrerie avaient été proposées et
acceptées, sous la condition expresse qu'on y serait
entièrement indépendant, non-seulement du comité,
mais encore de toute commission, et voici comment : (il est permis d'être indiscret dans l'intérêt
de la vérité, et quand on ne fait tort à personne).
Peu de temps après l'investissement, on voulut aviser
à ce que la poudre ne put manquer ; aussitôt un
homme d'une grande notoriété scientifique, et qui au
cerveau d'un savant unit un cœur de citoyen, s'offrit
comme poudrier sous sa responsabilité, mais dans

les conditions indiquées plus haut. Il rencontra heureusement un homme qui était à la vérité général, et, pour exprimer ma pensée, archi-membre d'un comité, mais qui cependant voyait au-delà.

Ainsi prit cours du jour au lendemain, cette fabrication de poudre, que nous avons pu suivre sur place, et qui obligée de créer latéralement une fabrication de salpêtre, en était arrivée à produire journellement, non pas 5,000, mais bien 6,000 kilogr. d'une belle poudre, prismatique, brillante, sonore, homogène, sans trace de poussière à l'écrasement.

Quant à l'intelligent général, qui ne recula pas devant cette révolution dans le formalisme, c'est M. Susane lui-même.

Il pouvait de la sorte fournir chaque jour 20,000 coups de 4, ou 8,500 coups de 7, ou 6,000 coups de 12, ou 1,700 coups de 30, et comme, de par la stratégie du général Trochu, la défense demeurait généralement vingt jours au repos entre deux affaires, il y avait ainsi à chacune d'elles un approvisionnement en coups et selon le calibre égal respectivement à 400,000; 170,000; 120,000 ou 34,000.

Voilà une des mille ressources que Paris trouvait en soi, et cependant son sol va, dit-on, être foulé par les Huns aux larges pieds.

Pour terminer ce chapitre de l'armement, et après avoir reconnu le lot fourni par le génie civil, à savoir : 50 mortiers de 15, 110 canons de 7 et 200 caissons avec 25,000 projectiles, le général ajoute à l'adresse de ceux qui pensent qu'il suffit d'avoir des canons : « Un verre est fort utile pour boire,

2

mais ce n'est pas assez d'avoir un verre. » (page 22.)

Ce trope, tout-à-fait militaire, signifierait claire-
ment que nous avions trop de canons, comme le di-
sait (à la fin) le général Trochu, et pas de munitions ;
mais comment le comprendre ainsi sachant que la
poudrerie du boulevard Philippe-Auguste fabriquait
par jour 6,000 kil. de poudre, que la manufacture de
tabac fournissait un million de cartouches, que
l'usine du quai de Billy, si habilement dirigée par le
commandant Pothier et son ingénieux contre-maître
dont le nom malheureusement m'échappe, fabriquait les gargousses embouties pour canons de 7,
que le chargement de celles-ci en anneaux de poudre
comprimée se faisait à Vanves par les soins du co-
lonel Caron ; qu'enfin prenant à la lettre l'affirma-
tion du général lui-même : « au moment néfaste où
Paris a eu la certitude de l'épuisement de ses vivres,
il possédait assez de poudre et de fer pour maintenir
pendant *six mois* les Prussiens cloués sur les hauteurs où ils étaient retranchés. » (page 35.)

La part fournie par la marine est passée sous si-
lence par M. Susane, ou du moins, n'a été, je veux
bien le dire, que très-inexactement indiquée à peu
près en ces termes : *Une centaine de pièces à longue
portée qui ne pouvaient servir qu'à seconder les projets
de l'ennemi.* (page 23.)

Ce n'est pas là, tout à fait de l'histoire, et je puis
suppléer à ce défaut de mémoire, étant il paraît,
mieux au courant que le général de ce qui regarde
un corps, justement honoré, mais qu'il semble ne
pas connaître.

Dès que le général de Montauban eut été préposé à la défense, il s'entendit avec le ministre de la marine pour que 100 pièces rayées de 16 centim. fussent dirigées sur Metz et Strasbourg; à peine ce premier envoi était-il en cours d'exécution, que le général Frébault, de son autorité ou peu s'en faut, en faisait mettre en route 123 nouvelles, sur lesquelles 28 de 19 centim.

Strasbourg et Metz furent investis avant d'avoir reçu les canons et M. Frébault, doué dans cette occasion de prescience militaire, fit ordonner sur toutes les lignes la recherche de ces pièces dès ce moment errantes, et leur retour sur Paris.

Le récolement de ces canons, partis de points différents et engagés sur des réseaux brisés ou désorganisés, présenta plus de difficultés qu'on ne saurait croire, et d'autre part, le général de Montauban, inspiré de ce même génie, qui, pour mieux défendre Paris sans doute, ne voulait y voir ni fusils, ni canons, mit en œuvre comme entraves tout ce qu'il pouvait décemment y mettre; 17 canons de 16 centim. restèrent égarés, les autres arrivèrent à bon port.

La défense fut donc pourvue d'abord par la marine de 183 canons de 16 centim., et de 28 pièces de 19 centim.; la canonnière Farcy fut armée d'un canon de 24 et l'on déterra au polygone de Vincennes un deuxième canon de 24, qu'à cause de son poids, (il pèse 14,500 kilog.) on y avait enfoui après essai.

Chacune de ces pièces était approvisionnée par la marine à 400 coups, et l'usine Guettier arrivait à livrer, par jour, 1,000 de leurs projectiles ; quant à la poudre, elle ne manquait pas puisque le général Susane, en avoue, ainsi que nous venons de le voir, un approvisionnement pour six mois, à partir du 28 janvier (page 35). Le défaut que leur trouva le général, défaut capital il faut le croire, mais qui dans la situation, leur vaut un reproche tout à fait inexplicable, c'était leur longue portee, *dont l'avantage ne serait pas en proportion de la poudre dépensée.*

J'avoue que le *rapport étalon*, le *coefficient d'utilité* ainsi entendu m'est aussi inconnu que peut l'être *la règle générale* d'attaque à laquelle, si l'étalon existait, devrait être invariablement soumis l'ennemi.

Il est néanmoins probable que les pièces de la marine devaient causer quelque embarras aux Prussiens, lorsqu'une pièce de 24 par exemple, permettait au général Noël d'envoyer du Mont-Valérien un obus de 100 kilogrammes sur la terrasse de Saint-Germain.

Je me figure 25 pièces de 16 centim. convenablement placées, et faisant pleuvoir tout à coup pendant la nuit 500 obus sur le grand parc d'artillerie de Villacoublay, et je demeure convaincu que le résultat aurait pu se trouver *en proportion de la poudre dépensée.*

Résumant les ressources en armes ou artillerie dont disposait la défense nous aurions sous les yeux le tableau suivant :

Part de l'Artillerie.

Pièces de place ou de position.	2,625
Pièces mobiles ou de campagne.	648
Approvisionnement en coups dès l'origine.	1,310,000
Fusées à projectiles creux.	368,000
Boites à mitraille.	37,000
Chassepots.	200,000
Fusils (de modèles divers dont 2/5 à tir rapide).	340,000
Cartouches (à un million par jour, soit en 120 jours.)	120,000,000
Réserve de poudre en barils.	2,600,000 kilog.

Part du Génie civil.

Mortiers de 15 centim.	50
Canons de 7.	110
Approvisionnement en coups.	25,000

La cartoucherie (Pothier, Caron) fabriquait quotidiennement les cartouches embouties ; un grand nombre d'ateliers tournaient les projectiles.

Part de la Marine.

Pièces de 16 centim. lançant à 7,000 m. un obus de 31 kilog, 490.	183
Pièces de 19 centim. lançant à 7,000 m. un obus de 45 kilog.	28
Pièces de 24 centim. lançant à 8.000 m. un obus de 100 kilog.	2

Approvisionnement primitif en coups.   91.200
Approvisionnement mensuel.   30,000

Pour servir ou appuyer cette artillerie la marine comptait à Paris

Canonniers et fusiliers marins,   8,000
Infanterie de marine.   12,000
Artillerie de marine.   2,500

Tous ces hommes parfaitement équipés, armés, disciplinés, instruits et commandés, pourvus de vivres d'ailleurs comme pour un voyage autour du monde.

Dans ma prochaine étude, *De la Défense militaire*, je remettrai cette petite armée au plan qu'elle mérite ; mais le général aurait bien pu, en toute rigueur, faire à cet appoint en personnel et matériel l'honneur d'une citation.

On n'est pas parfait.

III

C'est avec raison que le général ne croit pas devoir clore légèrement la question controversée, par conséquent encore pendante, entre les deux types de bouches à feu et les avantages selon les calibres; sa conclusion momentanée est logique.

La pièce de 4 présente la moindre portée, mais elle est légère, facilement transportable, peu sujette aux avaries.

Les pièces de 7 qui se chargent par la culasse présentent au contraire un appareil relativement délicat et sont ainsi mises plus facilement hors de service, mais elles portent jusqu'à 5,000 mètres.

Les gros calibres sont peu mobiles, impossibles à démarrer une fois embourbés, ou sur les terrains glissants pour les chevaux, et l'on a dû regretter plusieurs fois l'engouement dont on s'était pris pour eux.

Servons-nous donc des canons commodes, toujours prêts, tirant jusqu'à 3,000 mètres pour les opérations courantes et laissons les canons portant jusqu'à 5,000 mètres à la réserve pour les cas particuliers. (page 25.)

Quant aux forts calibres, il va de soi que le général en limite l'usage aux batteries de position et ne dit mot, ce qui est regrettable, du 24 court de siége armé en pièce attelée ; « Le meilleur canon à la guerre enfin est celui que l'on peut avoir sous la main dans un lieu et dans un temps déterminé. Toutes les théories absolues et exclusives mènent à l'absurde. »

Remarques pleines de jugement et auxquelles aucun bon esprit ne saurait refuser de se rendre.

Il semble donc que le général Susane tienne une juste balance entre le type d'hier et celui qui cherche à s'imposer aujourd'hui. Il en est ainsi, en effet, tant que la raison seule se fait entendre ; mais comme l'on sent le vieil officier d'artillerie repousser sous le critique, dès que l'appréciation laisse place au doute.

« Ce n'est pas, dit-il à peu près, au fusil à aiguille qu'il faut demander compte de la défaite des Autrichiens à Sadowa, et les Prussiens avaient dès cette époque ce fameux canon culasse à tir rapide dont le projectile sans ailettes, mais forcé hélicoïdalement dans sa chemise de plomb, porte loin et presque sans dérivation, tandis que les Autrichiens avaient notre canon bouche rayé; or on s'accordait à dire que l'artillerie prussienne n'avait pas fait merveille. » (page 22.)

Les ouvrages de doctrine, mon général, nous apprennent cependant que les Saxons placés à l'aile gauche de Benedeck, et qui connaissaient par leur propre désastre les effets du fusil à aiguille, ne purent résister quelque temps qu'en cessant de combattre en ligne ; ils se battirent en tirailleurs, avec acharnement, et pourtant furent débordés.

Récuseriez-vous d'ailleurs, l'autorité du général

Trochu que vous invoquez dès l'origine, lorsqu'il déclare que : *le fusil à tir continu entre assurément pour une part importante dans ce résultat si peu attendu.* (*l'Armée française en* 1867, *bataille de Sadowa,* pages 9 et 189).

Quant à la lutte d'artillerie, est-il possible de conclure contre les canons culasse lorsque nous voyons les Prussiens n'ayant que 5 pièces pour 2,000 hommes, tandis que les Autrichiens en avaient 8, suppléer précisément au manque de canons par la rapidité du tir, au point que les munitions étaient épuisées lorsque le Prince royal arriva en ligne avec ses 80,000 hommes ?

Le général n'envisage pas évidemment les choses de cette façon, car il émet explicitement le doute, (page 23), que les canons culasse se prêtent à un tir plus rapide que les autres; mais, puisqu'il se contente de n'être pas certain, je prendrai le droit de faire remarquer que si l'opération d'ouvrir et de fermer la culasse mobile peut, dans les premiers, représenter en temps les quelques secondes nécessaires dans les autres à la prise et à la pose du refouloir, il n'en reste pas moins une économie notable dans la durée de la charge, puisqu'il n'est plus nécessaire de refouler.

Je m'explique difficilement ensuite que le général tienne pour rien la sécurité des chargeurs qui, pour les canons bouche, sont obligés de se porter au découvert de l'embrasure ou du sabord tandis que, pour les autres, abrités par la pièce même, ils sont certainement moins exposés à la mousqueterie.

Ah! si vous disiez à propos de cette particula-
rité d'épuisement, (qui s'est produite à Sadowa et
bien souvent depuis), qu'un des inconvénients des
armes à tir rapide consiste précisément dans la dif-
ficulté de les entretenir de munitions, je serais sans
discuter de votre avis.

Mais ces inconvénients là sont seulement à con-
sidérer lorsqu'il s'agit d'une armée qui tient la
campagne, alors que le matériel et les approvisionnements sont nécessairement limités. Ici, lorsqu'il
s'agit de la défense de Paris, tout se modifie. La
portée, la justesse, *et la tension de la trajectoire* qui,
en effet, dans les cas ordinaires, *ne sont pas tout*,
(page 24), deviennent d'une importance capitale, et
je suis je l'avoue, un des croyants scandalisés lorsque
je lis page 23 : « Dussé-je scandaliser quelques per-
sonnes croyantes, j'oserai dire que si Paris venait a
être pris par la force des armes, sa chûte aurait été
causée en partie parce qu'il aura possédé dès les
premiers jours une centaine de canons à longue
portée et par l'abus qu'on a fait de leur tir à grande
distance et en éventail. Ils ont dévoré et dévorent
incessamment des masses de poudre et de fer dont
on pourrait avoir à regretter la perte. C'est peut-être
là que les Prussiens nous attendent, comme ils
attendent l'épuisement de nos vivres. »

Il y a gros à dire à ces quelques lignes qui, si
j'en crois le mauvais français : *la chûte aurait été
causée parce que*, ont été légèrement écrites et par
conséquent pensées de même. Comment! une place
trouve donc tout avantage à n'être armée que de

canons à courte portée et l'assaillant serait d'autant
moins dangereux qu'il peut s'établir plus près des
glacis? Voilà qui me scandalise en effet. D'autre
part, si les pièces à grande portée sont au contraire
utiles c'est à la condition de tirer apparemment.
Elles ne doivent, il me semble, cesser d'inquiéter
l'ennemi que lorsque la poudre devient rare. Serait-
ce précisément le cas? on le croirait d'abord puisque
le général nous dit que c'est là que les Prussiens
nous attendent; mais il n'en est rien, je le vois, puisqu'il nous affirme toujours page 35, que « le 28 janvier nous avions encore de quoi les clouer pendant six mois sur les hauteurs » où ils avaient
bien soin de se défiler.

Allons, allons, mon général, ceci n'est point un
raisonnement ailé, c'est une pierre... jetée dans le
jardin de la marine et je commence à croire que si
nous les ramassions toutes, nous pourrions en paver
nos allées.

Cette centaine de canons à grande portée que
Paris a eu le malheur, selon M. Susane, de posséder,
ce sont en effet ces pièces marines rayées de 16, de
19, et même de 24 centimètres à très-grande portée,
dont nous avons parlé plus haut, et pour comble
d'embarras la plupart se chargeant par la culasse.
Pour que rien n'y manquât, et aucune misère de
cette sorte n'a manqué à la défense, elles étaient
armées par les matelots arrivés tout organisés des
ports, et elles étaient pointées par des chefs de pièce
brevetés, élèves de nos écoles de canonniers; installées
d'ailleurs, il est juste de le dire, en dehors de toutes

les traditions de l'artillerie, avec des bragues, des palans de retraite et de côté, servies assidûment de nuit aussi bien que de jour comme à bord lorsque l'on est en chasse; elles étaient appuyées enfin par des fusiliers marins qui se sont comportés comme on sait autour de Rosny, du Bourget, à Epinay, au moulin de Pierre, à Choisy, Montmély, sur toutes les parties de l'enceinte et dans tous les forts qui leur étaient confiés.

Braves et simples gens fiers de leurs officiers, ceux-ci confiants dans leurs amiraux, *et vice versa* sur toute l'échelle; tous enfin peu inquiets de leur bien-être et insoucieux de leur vie pourvu que flotte le pavillon!

Croira-t-on vraiment que les Prussiens nous attendissent là, et la marine n'aura-t-elle concouru qu'à la reddition de Paris?

Si nous examinions la question au point de vue du tir en éventail, apprendre que le général Susane reconnait l'insuffisance du tir divergent ne saurait être une mince satisfaction pour un officier qui, en vue d'obtenir des essais de tir convergent et même simultané, s'est, depuis le commencement du siége, adressé au gouvernement de la défense, au général Vinoy, au journal *Le Temps*, aux *Débats*, à tous les saints, au général Trochu lui-même. La marine toutefois est bien innocente ici; on lui assignait des postes; dans chacun de ces postes, chaque pièce avait un champ de tir déterminé, nécessairement limité; il devenait donc évidemment impossible que telle pièce du bastion Est d'Ivry put avoir le même

objectif que telle pièce du bastion Ouest de Mont-
rouge. On faisait alors ce que l'on pouvait, ce que
l'on croyait devoir faire, et l'on ne connaissait pas
évidemment l'avis du général Susane qui aurait
voulu qu'on ne fit rien.

Et en cela M. Susane représente bien le comité ;
car, dans une sorte de conseil de guerre, dont j'au-
rai à dire quelques mots un jour, ainsi parlait le
général Guiod à l'un de nos amiraux les plus actifs
pour la défense : « oui, amiral, mon opinion est que
vous tirez beaucoup trop ; ainsi vous avez déjà
dépensé 1,800 coups de canons, et aujourd'hui je
les cherche. »

Ces 1,800 coups avaient éteint des batteries, fait
sauter des poudrières ennemies, alimenté le moral
des combattants assiégés ou de la population ; ils re-
présentaient en poudre une journée de la poudrerie
Philippe-Auguste, et le général Guiod les aurait trouvés
sans grandes recherches, s'ils lui faisaient défaut à
ce point, dans les approvisionnements qui devaient
suffire à *clouer pendant six mois encore les Prussiens
sur les hauteurs* (page 35).

Des esprits superficiels accuseront certainement
ces Messieurs de porter envie à un corps que la faveur publique a adopté sans qu'il ait rien sollicité.
Cette accusation est sans fondement ; il y a là un effet
physiologique dont ces esprits ne se rendent pas
compte, et qui sauvegarde complètement leur bonne
foi.

Lorsque pendant quarante années un homme a eu
devant soi des canons de bronze d'un modèle et d'un

calibre déterminés, toujours manœuvrés de même par des hommes dont l'uniforme accuse fortement le galbe, il est, quoiqu'il dise et fasse, sous l'impression d'une habitude, son cerveau s'est façonné.

Qu'alors se présentent de grosses pièces en fonte, à chargement par la culasse, et entourées de leurs équipages de marins bonasses et désinvolturés, aussitôt, surpris comme par un choc, le cerveau de cet homme sursaute, le soucil se fronce, la chose est jugée.

Et autant, par conséquent, de cette fine pièce de 7, travaillée comme un joyau, avec ses quatorze rayures, son âme à raccordements, sa culasse mobile, son élégant projectile à colliers et à laquelle suffit un attelage de deux percherons.

C'est par un phénomène myologique de ce genre que les tailleurs, lorsqu'ils restent accroupis quarante années les jambes croisées ont perdu, je crois, le muscle couturier.

Pourrait-on douter de la vérité de cette théorie lorsque l'on voit un esprit aussi distingué que le général Susane la confirmer à tout instant.

Ainsi chacun sait aujourd'hui ce que c'est qu'une mitrailleuse ; mais l'engin est nouveau, la dénomination neuve également, le général ne peut se résoudre, il l'appelle *canon à balles* (page 21). Nulle concession au néologisme, la tradition est sauvée.

Le canon de 7 est nouveau, le général le subit ; mais : « il ne trouve pas mauvais que l'on dise que le canon de 7 est un produit du génie civil ; au contraire. » (page 23).

Cependant, il ne le répudie pas absolument, à la condition qu'on l'appellera au moins *canon de* 12 *transformé*, et il consent alors à avouer que l'artillerie en a livré quatre batteries, (page 21). Il n'insiste même pas, pour l'en décharger, sur la responsabilité de MM. de Reffye et Pothier.

Rien du reste qui marque la moindre reconnaissance pour les efforts prodigieux développés par l'industrie dans cette fabrication improvisée des pièces de 7.

Il serait équitable cependant, à propos de *l'artillerie pendant le siége*, de rappeler que les Laveissière, les Claparède, les Cail, les Thiebault et d'autres, ont établi, comme à la parole, des fonderies de canon, monté du jour au lendemain l'outillage spécial et compliqué indispensable pour tourner, forer, aléser, que chacun a imaginé un procédé original pour rayer; que les Laveissière, en particulier, ont pris à leurs risques et périls, l'initiative non-seulement du moulage en coquille, mais de la coulée par la culasse, et qu'ils ont ainsi, même sous l'investissement ennemi, fait progresser les procédés des fonderies.

Le général professe contre l'invention une préconception qui le mène à l'injustice.

Quant *aux fruits secs* du génie civil et du barreau qui, je crois le comprendre, ont attaqué le comité, le géueral en fait justice avec raison, quoique par une idée assez trouble, dans les termes suivants :

« Si l'opinion était infidèle aux officiers d'artillerie il leur resterait la ressource de se jeter dans le génie civil, au barreau ou *dans la flotte*. Eh, mon Dieu, qui sait? peut-être un jour, grâce à ce simple changement d'habit, nous trouverions-nous capables de construire une bouche à feu aussi bien qu'un mécanicien, de plaider une cause comme un **avocat,** d'*envoyer* un boulet avec autant d'habileté qu'*un matelot* » (page 34).

Ceci est une sorte de fusée terminale ; M. Susane, heureusement, en a inventé de meilleures, surtout à plus grande portée.

Qu'au pis aller, vous pensiez pouvoir vous confondre avec les fruits secs du génie civil ou avec les avocats sans causes, libre à vous, mon général, et libre à eux de se défendre comme ils l'entendront; mais avec les matelots..... encore les matelots..... mais, enfin, mon général, que vous ont donc fait les matelots ?

IV

> Combien de faits, créant dans l'exé-
> cution le possible ou l'impossible,
> échappent aux théoriciens de la guerre!
> (TROCHU, *l'Armée française en*
> 1867, p. 193).

Supputation des moyens existants, ainsi que des ressources créées, éloges et critiques, tout jusqu'à présent n'est qu'important ou véniel, et j'ai suivi le ton de la brochure, qui forme le fond principal de cette étude, mais nous touchons à la plaie vive de la défense.

Elle est béante, pour qui sait lire, dans ces trois lignes sinistres échappées à la plume du général : « nous sommes arrivés à cette heure douloureuse qui est *fatalement* marquée pour toute place qui n'est pas secourue » (page 35.)

Fatalement !

Ici, comme souvent, la lettre a tué l'esprit.

Un art n'est pas une science exacte; dans celle-ci la base est fixée, l'idée n'y peut prendre jour qu'à travers la logique, l'enchaînement naît forcé d'avance, la conclusion devient inévitable, la science seule atteint l'absolu.

Dans l'art, au contraire, en dehors de quelques principes généraux, tout est variable, individuel, les moyens les plus divers peuvent conduire à des résultats identiques, de même que sous l'influence des causes secondes, des méthodes jumelles aboutissent aux conséquences les plus opposées, rien n'y peut être jugé qu'au relatif.

Voici pourtant un art : *l'art militaire*, domaine par excellence de l'imprévu, qui vise à la doctrine, produit ses faux prophètes, et, débonnaires que nous sommes, nous a conduits au martyre.

Dans cet art doctoral, deux funestes aphorismes ont cours de vérité.

Le premier nous apprend *que toute place investie résiste d'autant moins que sa population est plus nombreuse.*

Le second, rappelé par le général, énonce *que toute place investie ne peut être débloquée sans une armée de secours.*

Quand on citait à l'appui de l'un ou de l'autre, Mayence, Ulm, Badajoz, il n'y avait plus à répliquer.

Comme si Mayence, ville ennemie, occupée par 20,000 Français, sans vivres, pourvue de 200 canons mal approvisionnés et assiégée par 50,000 Austro-Prussiens, avait quelque analogie avec Paris, situé au cœur du pays, encombré de vivres qui eussent pu être inépuisables, défendu par cinq cent mille Français, armé de 3,000 canons indéfiniment approvisionnés et attaqué, je veux être large, par trois cent mille Prussiens. Encore, les Français de Mayence prirent-ils aux ennemis 40 bœufs et un bateau chargé !

Comme si Ulm, investi par Murat, Ney, Napoléon

lui-même, n'avait pas eu Mack pour plus illustre défenseur.

Comme si Badajoz, bien que défendu par l'intrépide général Philippon, n'avait pas eu tout au plus 4,000 hommes à opposer à quarante mille Anglais commandés par Wellington en personne; sa citadelle n'ayant pour chefs que les héroïques sergents Brette et Lerouge. Encore, Philippon se dégagea-t-il une première fois et fournit-il par sa défense tous les éléments d'une épopée!

Voilà cependant déjà l'un de ces axiômes, le premier, singulièrement ébranlé par la durée de l'investissement de Paris, de ce terrible Paris qui contenait *deux millions* d'habitants, qui ne respecte rien, pas même, on le voit, les dogmes de l'art militaire.

Ils s'étaient indubitablement tous réunis les doctrinaires, et avaient décidé en conclave, qu'en vertu des deux aphorismes précités, l'arrêt de Paris était prononcé.

Pour l'honneur des armes, on se défendrait... huit jours... quinze jours peut-être à la grande limite, mais il était *insensé* de viser au-delà; il fallait envisager virilement la situation; et l'on en citerait qui, par une étrange rétroversion morale, faisaient consister leur virilité à savoir se rendre.

(Des hommes qui, au besoin, se feraient si bien tuer!)

Et, en effet, le 19 septembre, nulle armée de secours en perspective; application certaine par conséquent du second aphorisme; assurément des vivres pour longtemps, mais l'infaillibilité du premier ne tient pas tant à la question d'alimentation qu'à celle de la fameuse *populace :* à quoi bon d'abord ménager les vivres ? M. de Bismarck n'avait-il pas prédit par surcroît qu'en moins de quinze jours les mains de la *populace* devaient lui livrer Paris ? Et ainsi, de quinze jours en quinze jours, sans ménager le pain ; à quoi bon ménager même le vin, n'eût-ce été que pour enrayer l'ivrognerie ? Et pendant cinq mois, aux yeux attendris de la patrie agonisante, dans la misère, dans la maladie, dans la faim, le froid, dans le bombardement, sans pain ni feu, Paris tout entier, *la grande populace*, s'est sanctifié.

Je sais bien qu'un tel prodige ne pouvait s'accomplir que sous le symbole de la République ; pourquoi la France entière ne s'y est-elle pas tout d'abord rangée comme sous un moderne *Labarum ?* Énergique et généreux symbole, c'est par toi, par toi seul, qu'elle pouvait, qu'elle aurait dû vaincre Maxence !

Il est, quoiqu'il en soit, impossible d'imaginer un démenti plus violent à cet axiôme de mauvais aloi ; or, les deux sont connexes et, du coup, le second tombe à son tour au rang qu'il mérite.

Cette chûte n'est malheureusement que pour l'avenir, tandis que sous la funeste influence de ces mensongères vérités, la nôtre est présente, terrible, et, grâce à la République seule, non irrémédiable.

Mais ce n'est point à tort que l'histoire reprochera au général Trochu l'inanité de son plan, et comment s'expliquera-t-on que le même cerveau ait pu produire, à trois années de distance, l'excellent livre *l'Armée française en* 1867 et la défense de Paris ?

Défaut de pondération dans un esprit qui penche tout d'un côté. On part du bon sens, de sensé on devient logicien, de logicien doctrinaire, de doctrinaire méthodiste, de méthodiste on devient sectaire.

A partir de là, qu'on soit philosophe, politique, religieux ou militaire, on a fait le voyage de Damas, comme S. Paul; respectable toujours on revient apôtre, confesseur, et les croyants à qui l'on commande... on les livre aux bêtes.

Breton d'ailleurs, il s'est assimilé à une épave humaine surprise par la marée montante sur une roche isolée, en face et loin de la côte ferme. Que faire? Rien! tout au plus implorer sainte Geneviève pour qu'elle ordonne aux flots de se retirer; sinon de deux choses l'une : ou bien de la côte on me jettera une amarre, ou bien on ne me la jettera pas; si on ne me la jette pas ou si elle est trop courte, plutôt que mourir de faim, je me précipiterai la tête en bas sur les brisans.

Il paraît, singularité fâcheuse pour un Breton, qu'on ne lui aurait pas appris à nager.

Les marins, monsieur Susane, que vous n'aimez pas, et qui vous rendent le bien pour le mal, n'en sont pas là. Toujours aux prises avec l'imprévu des phénomènes naturels, ils tiennent dans un mépris très-relatif les dangers que peuvent présenter les combinaisons de main d'hommes; à plus forte raison ne sont-ils point asservis au style des aphorismes ou aux images de mots.

Aussi les journaux allemands, M. de Bismark, M. de Moltke, empruntant le style dans lequel

M. Thiers décrit l'investissement d'Ulm, ont-ils beau
répéter qu'ils nous étreignent dans *un cercle de fer*,
que nous ne pourrons nous débarrasser de leurs
embrassements de fer; aussi chacun des membres et
des sous-membres de la défense a-t-il beau, se
faisant leur écho, dresser l'épouvantail du *cercle
de fer*, de l'*enlacement de fer*, ce triste et irritant cli-
ché du *cercle de fer* a laissé les marins absolument
insensibles, à l'agacement près, et tous sont demeurés
convaincus que le fer de ce cercle terrible n'était que
du fer blanc; réfractaires d'ailleurs aux prétendus
enseignements qui disent au courage : voilà tes
limites, tu n'iras pas plus loin, ils savent, comme
Tegetoff l'a prouvé à Lissa, que le bois, le mépri-
sable bois même, poussé par le courage, vaut contre
le feu et les ceintures de fer.

Si donc vous, monsieur Susane, ou tout autre
général d'artillerie digne d'inspirer une sérieuse
confiance, si un amiral, un général vigoureux, un
chef quelconque ayant la foi, aviez choisi dans cet
immense matériel d'artillerie qui comptait 3,275 canons, et dans l'intrépide personnel d'artilleurs et de
matelots, ce qu'il fallait pour constituer de formi-
dables batteries convergentes ; si, sur les 648 pièces
mobiles, 300 pièces seulement avaient été mises en
ligne comme batteries de campagnes ou de réserve;
si vous aviez organisé en colonnes d'attaque, notre
génie en tête, tous les fusiliers marins, l'infanterie
de marine, l'excellent corps des gendarmes, les
gardes républicaines, les douaniers, les forestiers,
les bataillons de mobile portés à l'ordre du jour,

quelques régiments comme le brave 35ᵉ, le 4ᵉ zouave et d'autres ; si enfin dans toute cette expérience et cet entrain vous aviez encadré les bons bataillons de marche, lancé enfin un bloc organisé de la nation, par un phénomène facile à prévoir, sous le choc de cet avalanche, le cercle de fer se fut évaporé en cercle de fumée.

Mais le vent soufflait d'une singulière façon, ma foi, aux tentatives héroïques ! le *cercle de fer* rayonnait, et rayonnait sans cesse vers son centre un odieux magnétisme d'énervement ; il ne fallait pas essayer de troubler cet engourdissement mystico-fataliste tendant vers une catalepsie qui semblait de plus en plus attrayante ; non, non ! les ennemis étaient ceux qui, debout encore, persistaient à nier le *cercle de fer*, et le bienvenu, quiconque, par un effort d'imagination parvenait à l'épaissir.

ANANKH ! il fallait que Paris tombât suivant la formule ! !

Et ainsi, sans autre relief que le combat écourté de Champigny et les succès isolés, presque ignorés, des héros obscurs, voyons-nous pendant cinq mois le courage, la vigueur, l'espoir se résoudre inutiles dans un inexplicable effacement, depuis l'échec de Châtillon jusqu'au sanglant et, je dirai, criminel gâchis de Montretout.

Hélas ! dans cette défense de Paris tout se montre décousu, contradictoire, incompréhensible. Dès à présent, il devient possible de l'envisager dans son ensemble ; on l'aperçoit alors comme un chaos informe que le grand souffle n'a pu pénétrer ; bravoure traditionnelle, héroïsme civique, fortune publique, tout est dévoré ; l'esprit immortel de la nation, seul, ne peut être submergé, et ne cesse d'y apparaître porté sur les eaux.

SALICIS

Capitaine de frégate.

PARIS. — IMP. ADRIEN LE CLERE, RUE CASSETTE, 29.

BIBLIOTHÈQUE DE L'ÉCHO DE LA SORBONNE

PARIS, 7, RUE GUÉNÉGAUD.

La Physique et ses applications : PESANTEUR (Notions de mécanique, chute des corps, centre de gravité, pendule, balance, équilibre des liquides, principe d'Archimède, aréomètres, baromètres, machine pneumatique, pompes, gravitation universelle) ; par M. *Pierre Bos*, agrégé ès-sciences physiques et naturelles, professeur au lycée de Metz. 1 vol. in-16, 492 pages, 161 vignettes.
Br. 2 fr. 50 ; cart. classique, 2 fr. 80 ; cart. anglais, 3 fr. 50.

Histoire des Beaux-Arts : ART ANTIQUE (architecture, sculpture, peinture, art domestique), par M. *René Ménard*, avec un appendice sur la Musique chez les Anciens, par M. *G. Bertrand* (2me édition). 1 vol. in-16, de 308 pages. Ouvrage admis par la Commission des Bibliothèques scolaires, et médaillé par la Société pour l'instruction élémentaire.
Broché : 2 fr.; cartonnage classique, 2 fr. 30 ; cartonnage anglais en toile pleine, très-élégant et très-solide, 3 fr.

France (géographie physique, politique, administrative, agricole, industrielle et commerciale de la France et de ses Colonies) ; par M. *Ch. Périgot*, professeur au lycée Saint-Louis. 336 pages, 14 cartes. Même format, mêmes prix. Médaille de la Société pour l'instruction élémentaire.

Notions de Botanique, par M. *C. de Montmahou*, professeur d'histoire naturelle à l'École municipale Turgot. 176 pages, 49 fig. Médaille de la Société pour l'instruction élémentaire.
Br. 1 fr. 50 ; cart. classique, 1 fr. 80 ; cart. anglais, 2 fr. 50

Cours de musique, théorique et pratique : PRINCIPES ÉLÉMENTAIRES, par M. *Pierre Bos*, élève d'Émile Chevé. 416 pages.
Br. 2 fr. 50 ; cart. classique, 2 fr. 80 ; cart. anglais, 3 fr. 50

SOUS PRESSE : *Entretiens sur la langue française*, par M. *Hippolyte Cocheris*, conservateur à la Bibliothèque Mazarine ; *Histoire moderne*, par M. *J. Pinard*, professeur au lycée Bonaparte ; *Éléments de géométrie*, par M. *Salicis*, répétiteur à l'École polytechnique ; *etc.*

L'Écho de la Sorbonne : COURS COMPLET D'ENSEIGNEMENT SECONDAIRE EN TROIS ANNÉES. *Cours de première année*, 4 forts volumes à deux colonnes, 1,260 pages, 289 figures. Prix de chaque volume. 6 fr. — *Cours de seconde année*, 4 volumes, même format, même prix.

LAMARTINE, par M. *Emile Chasles*. Conférences faites les 9 et 16 mai 1869, dans les deux matinées littéraires données au théâtre de la Gaîté, par M. *Ballande*, en l'honneur de Lamartine. Brochure in-8 avec portrait et autographe. Prix : 1 fr. »
L'ENSEIGNEMENT SECONDAIRE DES JEUNES FILLES EN SUISSE, par M. *Eugène Paringault*. Brochure in-16. Prix : 30 c.

Envoi franco *contre les prix en timbres-poste.*

LIBRAIRIE DE L'ECHO DE LA SORBONNE

PARIS, 7, RUE GUÉNÉGAUD.

LA FRANCE NOUVELLE

JOURNAL POLITIQUE QUOTIDIEN

FONDÉ AU COMMENCEMENT DU SIÉGE DE PARIS

RÉDACTEUR EN CHEF : **ALPHONSE PAGÈS**

PRIX DU NUMÉRO :

PARIS : . . . . . CINQ CENTIMES.

PROVINCE : . . . . . DIX CENTIMES.

PRIX DE L'ABONNEMENT :

PARIS : . SIX MOIS : 8 FR. TROIS MOIS : 4 FR. 50

PROVINCE : SIX MOIS : 12 FR. TROIS MOIS : 6 FR. 50

NOTA. — *La France nouvelle* paraît à Paris dans l'après-midi, de 2 à 3 heures. Le journal est expédié en province à 3 heures, et donne par conséquent les nouvelles les plus récentes possible de la capitale.

RÉDACTION : 5, RUE COQ-HÉRON.